JN117622

歌集

銀波浦

大谷多加子

砂子屋書房

＊目次

装本・倉本　修

歌集　銀波浦

八甲田

八甲田の霧湧く峰が黄葉に紅葉になる季節に染まり

草紅葉ひろごる原のその向こうスライドされてしまいそうな秋

草紅葉ひろごる原のはたてまでつましき恋のひといろつづく

後ろ向きになるたび山の黄葉の付きくる湿原木道あるき

九十九座登り詰めたる頂に涙こぼれぬよろけまいぞと

頂上の風になってしまえなど言ってくれるな私はわたし

秋の音吸いつくしたる草原の二つの木椅子を見て通りすぐ

山鳩のはたと鳴き止みその後を遺せし『山鳩』時空の声す

瀬戸内の島をいできて秋ふかき八甲田山にさよならしたり

八合目

八十は登山の坂の八合目腰をおろして休む坂なり

十年を一束になし引き寄せる七つの束はひかりの雫

胸はつか反らし迎えん八十の坂の向こうほのとあかるむ

阿豆枳島（あずきじま）、小豆島（あずきじま）から小豆島（しょうどしま）令和の世に在りひびける阿豆枳

島の祖神阿豆枳神社にいちはやくぬかずくような年明け気分

国生みの阿豆枳神社の例大祭島を離れし子どもら知らず

またの名を大野手比売（おおぬでひめ）が祖神という由来とどむる「大鐸（おおぬで）」の里

自生地の保護活動のはじまりぬ絶滅危惧種のカンカケイニラ

絶滅危惧II類のギンラン咲くころかひとりで登る寒霞渓の坂

銀の輪

芸術祭のなごりとどむる桟橋の海に向きたるオブジェ「銀の輪」

放り投げ足の指にて受けとむるしなやかさ見すオブジェ「銀の輪」

オリンピックの聖火を島に受け継げる第一走者の通過「銀の輪」

ゴマ製油のゴマの匂いが潮風にながされ入り江こうばしくなる

二番手に付きゆく登山もう行けずメッキにありしぎんのこぼれて

節目ごと食みし甘味のさとうきび失せてひさしく舌のやせたり

七十のどんでん返し有耶無耶のままの口紅ギンイロピンク

男体山二荒神社のお守りがつぶやく「登りたい、 のぼれない」

山恋うる猫にやあらん出くわせる飯野山の上り下りに

初心

ははそはの母が両の手合わせいし初日に両足揃えて佇ちぬ

一人分の袋のぜんざい二人分にみずまししたる御鏡開き

ははそはの母がわが歌ほめくれぬ動かぬ脚をさすりいる時

日記兼家計簿のなかなつかしき癖字の母の三度の食事

支出なき家計簿さみし読みかけの光源氏の女系など記す

顔見知り親父バンドの演奏に酔うにあらずや初心になる耳

展示せるちぎり絵われらの制作品「平成最後はこんなものです」

ふりかえりふりかえり見るひとすじの疎林につづくひとすじのみち

おなじ空気ながるる時は目が合うて平成最後の静けさにおり

和紙

ケアハウスの老いが手招き呼び呉れぬ「一人で見るのが惜しい月」ぞと

お遊びが真剣になるちぎり絵のジグソーパズルのようなる時間

ちぎり絵の「梅にうぐいす、うぐいすに梅」媼の口よりほつほつ咲ける

ちぎり絵を貼れる媼がめがね寄せ手漉きの和紙の毛羽をなでおり

ほっかりと穴が開いたようだという何かわからぬままの一日

顔あわせホームのお八つ時くれば時計の鳩がぴょんと飛び出す

入所者のひとりごとを言いながら車椅子を宥めておりぬ

「大晦日ですか」なんども確かめて職員に聞く年越しの蕎麦

週一度の施設のバイトに課せらるる「感染防止行動記録」

古　墳

古墳群のエリアが誘う騒音の都会のうずのまっただなかに

墓はいらぬ思いとは別一日を地図もて探る古代墳墓を

微に細に君との距離を透かしみるおおいなる古代墳墓を前に

女人高野の堂にただよう無機質の空気に背筋ひいやりほそる

小豆島の巨石が二つ仁王立ち大手門の門番をせり

（大阪城）

野づら積みの実地講習受くるなか外国人の若き顔あり

「億萬年石は黙って暮している」繁治の石も永遠（とわ）なる遺産

ひょいひょいと飛び石渡りしふるさとの伝法川が永遠に流るる

岩稜（がんりょう）はむかし男の無骨さよわれは魅かるる若き日とおなじ

振り返りふりかえりみる岩稜は遠く迫り来ガッツポーズに

諏訪湖

昨日島の花火を眺め今宵また諏訪湖のほとりの花火を仰ぐ

河合曾良の眠れる諏訪の正願寺に「武川先生」を尋ね来りぬ

一望の諏訪湖なつかし三人が三様に黙し眺めていたり

十四年ぶりなる歌碑の前にきて精一杯に身を立たせたり

黄のいろとめくるめく黒引きあえるかぼちゃ型どる水玉模様

ただ一人の顔を描きつつめぐりゆく諏訪湖の湖畔なかまどみち

諏訪生まれ四国好みという寿司屋のおやじがにぎり呉れたる「アラー」

カンテラ

眠れない不思議の園をさまよえるように失せゆく叢の虫

十指のばすスニーカーに土ふまずよろこぶ日々を残生という

何処をどう歩いてきたのか托さるるひっつきむしの棘のいがいが

吹きたまる路肩の落葉が耳ふせるカーブの鼻のカーブミラー

ことごとく葉を落としたる木の枝の先つややかに冬日をはじく

七十七で逝きし登山家田部井淳子世に「山ガール」の言いぐさ残し

収集車が方向転換だけにきて桜落ち葉の空き地をまわる

たしかなる蕾を宿しゆるがざるミモザともども山ねむり初む

いさり火のカンテラなつかしはやりおの横顔ほのとあかめるころは

ウミスズメ

移りゆく世にふりそそぐ雨のなかかわず鳴きかう夜のくだちを

カルメンの組曲Ⅰの「ドン・ホセ」に成りきって弾くクロード・チアリ

カルメンの組曲Ｉのジプシーになれず爪弾くクロード・チアリ

エンドレスクロード・チアリのＣＤをプツンと切りぬ助手席のひと

背後より崩れそうなる身をたてて一番札所に杖を購う

「もう山に登らないのか」車椅子の姉は言いたり久々に会う

大島を過ぎたる青い水平線だれからも遠くフェリーにひとり

神津島この海域に一生を過ごすカンムリウミスズメらは

天上山火口近くを曝されて岩場に咲けるオオシマツツジ

海沿いを揺らるる島の民宿の品川ナンバー八人乗りに

内海の島を出で来て南海の波にただよう姥（うば）どりわれか

「カンムリウミスズメ」なるキャラクター島に購うひとりの旅に

飛行機に内海見下ろしもどりくる大海見てこしかわずのように

夜叉神

土石流跡を祀れる夜叉神の護身を受けて峠をのぼる

樹林帯の中を芽吹けるカラマツは水無月われのしずかな力

花崗岩「オベリスク」とう岩峰のぬきんいでたる翳もつ窪み

残雪に聳ゆる北岳間（あい）ノ岳立ちはだかれるものは美し

縦走はむずいとメール送り来る山に登ったことなき孫が

薬師岳、観音岳、地蔵岳登山の足はへんろになれず

這い上り登る背後を押し呉るる田部井淳子の風の掌

ほうら赤い火星が南の空に出たそれだけでよしヒュッテのゆうべ

タンポポのこの世の花にハイタッチ下山の指にそっと触れたり

数珠玉

谿あいにクロモジ咲けば嵌めこみのようにおさまる白きダム堤

平成の風に吹かれてしまいたる数珠玉恋うるひとりを恋うる

いつよりか道草少年少女らの動画の止まる川ぞいのみち

いびきとう慣れたるものに安堵して部屋をのぞかず二階に上がる

「生きてるよ達者じゃないがそれなりに」声にだしつつ手間取るメール

いつよりか奪われてゆく声ならんおたふく耳がだらり下がりて

三年の命育むメダカらと向きあい保つ現状維持を

からまれるスマホの糸にあやかりて誰かささやく人生相談

伐採の後のなだりを埋め尽くす時世さいさい気負うひこばえ

蛇ぬけ

ぐやぐやになりたる意志が手に足に及べるままに夫入院す

まなぶたが重たいおもいとかたくなに見ざる言わざる夫の籠れる

そのままがよいそのままが横になりたるままのこのまま

身にちかきミモザ大樹とともにあるわが半世紀涙ぐましも

荒草に百会覗ける野地蔵に枝を伸ばせるマルバハギ咲く

わが歩く二三歩まえを折れそうな脚に誘うキチキチバッタ

蛇(じゃ)ぬけの碑の蛇ぬけは土石流のこと初めて知りぬ言の葉「蛇ぬけ」

夏の射光

令和とう新たなる年わが家の築十九年を塗り替うるなり

足場高く組めるひとりが身を伸ばし「海が見えるぞ」大声上ぐる

海からの射光ともども塗りこまれ壁はシルバーグレーに変貌

海に向きタイサンボクは開きたり廃墟の庭の荒れたるなかに

奥三軒空白となる回覧板わが家が路地の打ち止めになる

朝の陽に眼鏡の右側きらめきて落ち葉の坂に元気もらいぬ

だれからも離れてあるく楢コナラ桜落ち葉の頭より沁み入る

おくやまのあさきゆめみしむらさきの晩生のききょう胸にさきたり

監視塔

戦争のまぼろしならず島山の藪を分け入る監視塔まで

島山に迷いて尾根に出で来れば日常の海がしんとひろごる

迷い込む生まれ育ちし里山の青葉あおばに見失う天

大声で呼んでもこだまのかえりくる島に生まれて島より出でず

写りいる顔はんぶんがスルーするカーブミラーの翳りを避けて

タヌキみち昭和の子供の遊び場の行き止まりになる青葉あおばに

荒梅雨の山から海に直結の暗渠の水が坂にひびけり

石積みの瓦礫の間より噴き出ずる山の畑の荒梅雨の水

荒れほうだい緑のなかにまぎれなくタイサンボクは天に向く花

半夏生

伝法川沿いの土手ゆくふるさとのむかしのげんげ咲くあたりまで

ハンゲショウ、ネムの花に雨あがり虫送りする夕べの青田

虫おくりの子等のかざせる火手(ほて)の縫う山田の畔より伝法川まで

三世代若き僧に受け継がれしゅくしゅく早めに終える虫送り

「ドライブにゆこうか」などと仰向ける天井への夫のひとりごと

「折れそうで折れないわたし母さんの子だから」という五十の娘

何がなしせかるるゆうべ塩漬けの瓶の辣韮ほん漬けにせり

高峰秀子記念切手の発売日行列なして完売になる

北木島

千二百度炎が石を切り出せる断崖に噴くジェットバーナー

小豆島、屋島が見ゆるこの島の三角点の五月のひかり

石船より積み落とされし残石の現れ出ずる引潮どきを

北木島に嫁ぎこし半世紀のひとより貰う春の花種

クルージング終え戻り来ぬわが島に笠岡諸島六つ連なる

ひとひとり通れるほどの山あいの枝木が守る「同行二人」

令和元年師走の詰めの没り日なる丹をにじますうみ、やま、宇宙

円グラフ

海沿いに令和二年を迎えたり養殖海苔のブイさながらに

「大谷さん目標に頑張ります」目標言わぬ賀状のとどく

ちぎり絵の三十年を展示せり「オリーブの島の郵便局」に

就労の女性の時間の円グラフ図にはできない私の時間

家事育児介護女に定年とう時間組まれず　はないちもんめ

泣きわらう会話もなくて九十七の義兄見送る十人ほどで

今生の別れのような顔見せの法要にこし海を渡りて

ミモザ

いたずらに歳を重ねてしょんぼりと背をうらがえすミモザの下に

光太郎を奮いたたせし冬の詩のつづきをうたう丘のミモザの

純黄のミモザの咲ける旬日を独りはひとり一人の時間

ミモザ咲く遊歩道に待ち合わす友の乗り来る電動自転車

四月くれば「春の女神」ギフチョウのミヤコアオイに生まるるころか

まだ下手な鳴き方などと鶯の子を真似ている籠るすさびに

新店舗「わんわん」に来る犬に春めく「銀波浦山の手通り」

はつなつ

カタカナの言語はりつく誰かれの背後ソーシャルディスタンス

新型のコロナウイルスひろごれる世に咲き出ずる丘のミモザは

はつなつの山のみどりの深まりて人がひとりの距離おく背(そびら)

山の辺のところかまわずふりまける外来種黄のキンケイソウ

ひとりでも大丈夫デデポーポーポーステイホームにヤマバトの鳴く

東洋紡跡地に一樹の夾竹桃咲けば届きぬサイレンの音

はつなつの水の匂いに添いゆける人手に渡る植田のあたり

すかんぽを手折る手ごたえ一本がすっからかんのようなわが音

握りたるハンドルさばき確かなり後期高齢免許更新

じぞう盆

洗礼は花にもありて一月の山のなだりに垂れいるミモザ

恥しさを垂らせるままに莢の実がぺたんこに落つ夏のミモザは

オンラインでうまれし墓参請負業眠りしひとに不可思議な夏

「ご自由にお詣り下さい」放送の声のなつかし「じぞう盆」の日

片目ずつ水晶体を入れ替うる旬日自在になる暗黙知

眼帯の片目おかしくはしたなし朝のコーヒー口よりこぼす

目の光失せたるひとのピアノ曲三楽章の月を浴びたり

咲き終えし花首おとす庭に会うひかる眼向けるいきいきバッタ

荒畑の風のままなるなつみかんまあるいまあるいふゆの日溜まり

仔猫

検査受くる仔猫のカルテに記されたる「一歳未満雑種名ミイ」

なんとなくミイと呼べばミイの名を覚えてミイになりきる仔猫

さわがしき仔猫が身近に居着きたり縁（えにし）のような尾っぽを立てて

仔猫ながら置物にもなる「猫すわり」日毎に見せるその俊足を

音たててじゃれつつ手玉とる猫のしきりに遊ぶ声をあげずに

細めたる眼になるときはうつろなる眠りに入りぬ我に似る猫

子育てのようなる仔猫の存在に現状維持の肢体動かす

緊急事態

「緊急事態」報じいる夜をベランダにあおぎたりスーパームーン

文字もまた間隔をとる新聞の四月二十日の「天　声　人　語」

坪庭の青葉の枝に洗い干す仕舞い置きたるガーゼのマスク

コロナ禍に一馬身ほど抜き出でてダービー戦を制覇せる馬

マスクなしが異様に見ゆる世になりて昭和生まれのうろうろ歩く

巷より鬼神のように喚びかくる「STAY、HOME」木霊のように

石鎚山、剣山に咲くころか夢に咲いてよキレンゲショウマ

妻のつぎにキレンゲショウマが好きだと言いし山男の死をうつくしくせる

なつの色濃くあざやかに少数派カンナ、おしろい花の咲きたり

脳の化学

若き日の浴衣をつぶし手作りの口を封ずる水玉マスク

三月三日コロナで休園はじまれる手作り雛の飾らるるまま

無観客の試合会場動画めく「はだかの王様」どこか似ている

この春の地中に覚めて芽吹くものウイルス感染何変わらざる

コロナ禍の島にひろごる身にちかくマスクをせぬが寄りゆくミモザ

なにもかもほんまものよし脳科学の言う当たって砕けろの謂

おいぼれの意志をうながす脳科学の推奨している脳ののびしろ

生きているかぎりは進化のあるというほんとうですかわたくしの脳

伴える犬の齢より若いと言う媼どうしが浜に遊べる

実の残るままに剪定されている街路樹「オリーブ通り」のオリーブ

コロナ禍で封印したる登山靴愁をまとう陰干しの後

蠟梅

コロナ禍で封印したる登山靴一歩あるけばギュッと鳴りたり

お互いに間隔取り合う八人が縦につながる頂上までを

三十年経し普賢岳の噴煙が限界位置をま直ぐに上がる

頂上の空は安全コロナなき風の岩場に甘酒すする

平戸大橋渡れば隠れキリシタン不要不急の身に受けとむる

しずけさはひとつの言葉「白峯」の蒼いそらよりふりこぼれくる

散策の山路に毒のふかまれる花が実になる洋種山牛蒡

アキグミの熟れ実の傍でナワシログミ今をびっしり花咲かせおり

君が先わたしが先ともう言わず居並ぶ肩に蠟梅咲ける

マスク

ふたりして夏野菜が中心の畑を見回る早起きごっこ

菜園の初なり胡瓜、トマト、茄子、露の供物をアマビエに捧ぐ

おいぼれの目元すずしくあれかしとこまめに洗う愛用マスク

百七歳の篠田桃紅訃報の日手習う墨に水を含ます

五年ほど離れし他は出ぬ島にそろそろびくびく生きる世の来ん

夜干しせる軒に吊され胴体がうす闇に浮く子の柔道着

参会の別れにうたう八人のマスクにこもる「どこかで春が」

大根の葉

方言の島弁こまめに残しおり壺井栄作「大根の葉」

二代目の「一本松」が影ひろげ昭和の岬の分校招く

失える原風景そのままの百五十年の田の字型の家

天蓋の蔦に守られいし生家エィヤーという重機が壊す

木陰より覗きし父母のもういない生家の庭ののっぺらぼうは

自慢せし海兵隊用ゴムボート時代まみれにぐにゃぐにゃになる

幾度か「処分するぞ」といわれつつほこりまみれの数多の釣り具

やまさかのつつじが咲けばきゅきゅと鳴る現状維持をいぶかるきびす

日々育つ夏野菜を見てまわる三十分で元気づく夫

こと座流星群

ユウチューブの星空ライブはじまれるマウナケアの「こと座流星群」

なつかしきマウナケアの山頂より生配信の星がふりくる

「降るような星をあなたに」「ありがとう胸いっぱいに受け止めます」

頭の皿かるくなるまで歩きたり朝の散策九千歩ほど

会報は表紙だけで満たさるるカラー刷りの山の野の花

つくばねの穂に誘われてだれよりも離れてとおき風の音聞く

師の忌日わが生誕のめぐりくる卯月新たなスタートライン

ふるき葉を重く纏える大棕櫚の梢より首夏の花ふさ垂らす

枯れし莢垂らせるままに泡立るように蕊噴く首夏のミモザは

タラチネウスユキソウ

コーラスの「エーデルワイス」を吹き戦ぐみちのくタラチネウスユキソウ

マスクごし発声練習コーラスの再開に聞く自らの声

遠退ける視野の焦点ひかりつつ天具帖の毛羽かすかに奮う

コロナ禍のちぎり絵協会如何せん廃業になる和紙の存在

世界遺産報ずる和紙もてまず貼りし海抜五十の北の利尻岳を

一年で十八歳とうずうたいのミイに変えたる肥満用の餌

洗濯用網に入れられお尋ね者まるごとミイのワクチン注射

何がなし気後れしつつわがミイの去勢手術の助成金受く

キリンの日

夏至の日と重なる不思議議はからずも知る「世界キリンの日」

慣らさるるものに慣れくる世もしかりひとりが浸るひとりの時間

なつかしき世のにおいくるわが遊び山桜桃(ゆすらうめ)、杏子(あんず)、山桃(やまもも)、李(すもも)

立ち入れぬ運動公園球場の砂に足跡のこしゆく鳥

むらさきのそらのゆうやけ音のするもっともしずかな世がくるように

初鳴きのほつりほつほつほととぎす病みながかりし亡き母の声

キンケイソウめぐりに増ゆる水無月のコロナウイルス花粉まみれに

真っ直ぐにまっすぐに棕櫚の木の孤の丈伸ばし半世紀過ぐ

現状維持

わが友の密を気遣い逝きしことひと月遅れの広報で知る

新型のコロナウイルスはびこれる夏をわたりて咲く仙人草

不確かな手加減だけで漬けこめる紫蘇と粗塩だけのうめぼし

土用干の三日三晩にどうにでもしてくれと皺くちゃになる梅

からくりのありと自慢をせし梅の古き瓶を譲り受けたり

その家になじめと言われし梅ならん古き瓶に酸の鎮もる

毎食後嗜む梅のひとつぶに現状維持をつぶやきており

コンタクトレンズ

感染者三人報ずるひすがらをさわだちやまぬオリーブ、ミモザ

日にそまり赤くつやめくわくらばの一切苦厄ひと葉を落とす

うらみっこなしよと登山アルバムの百名山が棚につぶやく

ほっかりと穴の開きたりひとところ失せし生家は天窓のよう

タイピストの職の名残に取り置きし半世紀前のコンタクトレンズ

実技より「恋」の作文ほめらるるままに終わりし面接試験

霧の日を霧のように旅だちし訃報のひびくあしたの受話器

俳号の「照雪」俳句の先生が歌を詠むとき少年になる

「たかこさんうたができた」つぶつぶと言いたる最後の声なつかしむ

俳句、短歌、随筆のほか知られざる将棋三段世を去りて知る

曼殊沙華

一日がなんなく過ぐる陽の入りを呼び止めているつくつくぼうし

実りたる田に挟まれて過ぎゆける涸れたる夏の畑じまいせり

耕せる土のにおいをふかぶかと負いて戻れるステイホームに

三粒ごと種を蒔きゆくひとすじの畝でことたる青首大根

すっぴんのマスクなしの心地よき目にとびこめる曼殊沙華の赤

荒草のたけたるなかにかたまれる曼殊沙華は心経の花

日替わりに島外ナンバー一車ごと受け入れている山のペンション

ときおき日を抓み読みしてははかどらぬ登山のものをもとにもどして

残雪と紅葉撮りたる山男のシャメール舞いこむ間（あい）ノ岳より

放哉の句碑

在職のころの書類一式を畑に燃やしてしまう日のくる

皓皓と良夜の月が中天にありて眠れぬちちろとわれと

百歳を超えたる人が八万余小豆島の人口の三倍

法要の縁(ゆかり)に集う寺庭にしんと翳れる放哉の句碑

放哉の句碑のめぐりに散乱す台風一過の大銀杏の実

大中小六つの白い上靴が台風一過の庭に干しあり

島外の老若男女交えつつ一日で刈らるる千枚田の稲

手作りのざくろ果実酒頒ちあうドクターストップの酒とは別に

冬立つ

つゆじもにオシロイバナの咲いている二三度刈られしおなじ処に

キスしたき衝動に似て額上ぐる冬立つ空のうすむらさきに

黄葉のはじまる木々を抜き出でて冬立てる日のミモザの大樹

立冬の空の下をよろこびて土みちあるく夫のスニーカー

かくれ蓑まとえるようにひとりずつむかしの海を見に寄る茶房

巡回のコーヒー卸の男きて媼の茶房にコーヒーすする

空っぽの集会場に並べられコロナに孤立す机も椅子も

つゆじもの土に小さく朝顔の晩生のはなだ濃ゆきあさがお

末枯れたる鉢のあじさい一本に冬の小さな花育ちいる

根雨

乗り降りのひとなく三分停車する「根雨」駅すぎてなき人を恋う

特急の時間調整に停車せる色即是空山陰の雪

泣いてるか嗤ってるのかこのじぞう日溜まる冬の草枯のなか

安否聞くだけのラインで繫がれる遠くなる娘淡くなる孫

わが齢になれば視野のせばまるを眼科の女医はこともなく言う

黒マスク居並ぶバンド演奏に眼科女医おりイベント広場

ああまたもこころが飛んだたしかなる光が夜の空のふかみに

あのへんからおかしくなったと漏らすだろう手探り寄せるあのへんの年

今日もまた卑怯者になるマスク無視して他人の顔にもなれる

六星占術

点りいる時しか知らぬセンサーの外灯あおき下を歩めり

ちちちと鳴く鳥の声に寄りゆけば藪はシーンと音を失う

二人して百六十歳の記念日に「迷路の町の」迷路をめぐる

墓じまいされし墓地の片隅にかたぶくままの行燈ひとつ

海沿いのホームの内に飾らるる奴凧武者が初日を浴びる

ちぎり絵の和紙もて貼れる節ぶとの媼の指に生るるアマビエ

購える本のおまけに立ち読める新たな年の『六星占術』

いそひよどり

野の梅に手触れてあるく後ろ手に付きゆくソーシャルディスタンス

休業のつづくサッシ工場の窓のあかるむ海の夕日に

ひとり来て年年歳歳あわくなる色にもあらず黄緑ミモザ

観客のいないぶたいに似たる良し山の辺に咲く二月のミモザ

句碑の辺のウバメガシの伸びほうだい隠れそうなる十七文字

溜まりたる三十余年のちぎり絵の和紙の半端も身の丈ならん

このあたりジュウニヒトエの咲く処だれにも教えぬこのわくわく感

いそひよどり胸を過れる羽根の朱が吉を占う散策の朝

好き嫌いのものの分別それぞれに片付けしつつ見て見ぬふたり

新い年

岬山の腹式呼吸するように火を圧し上げて入り江を照らす

新い年の注連飾りなし山里の農村歌舞伎小屋の閉ざせる

砕石の断崖つづく工事場を新たな年のひかりがあらう

舟止めの幟旗なき漁船のコロナ禍三年しずかなる海

四日はや鎮まりかえる神社ぬち海の日の出が鳥居に伸び来

七度目の寅を迎える年男夫のかたえに合わす柏手

評論など苦手意識にはさめたるわがちぎり絵の琹の寅を

スーパーの七種セットで事足りる二人分のゆきひらの粥

サイダーを注ぎ果実酒嗜むは平凡というグラス一杯

風花

増殖のあの手この手のウイルスに立春すぎて風花のまう

今にしてそうだったとおもう節ふかいりしゆく立春の夜

オミクロン感染データ揺り返す三年目の立春まためぐり来ぬ

まいしきるフロントガラスの風花に前途浮遊の車走らす

壊さるる高層ホテルの背後よりむかしの海のかがやきはじむ

はじめから何もなかったかのような坂の下のカーブの跡地

上弦の冴ゆる月眺て眠りたり無人小屋の夜を引き寄せて

百名山山行記録のファイルのなか日々熱かりし六十代は

防風林カイズカイブキの秀の先がくきくきのびる海のひかりに

道

金柑を煮るひとときはきんかんになりきり捨つるキンカンの灰汁

何もせず聞いているだけ思うだけけしたたかになり世の外に生く

瓶底に去年の種を沈ませて色極めいるざくろの果実酒

山間にほこりほこり咲き初むる花にあやかり身のふくらめる

はね、はらい、大胆に書く手習いの半紙ににじむ「道」一文字

吊るし干す登山靴の下にきて雨蛙ひとつ動こうとせず

処方箋消費期限切れのもの捨てられずいる引き際おもう

石鎚の雪山登山にアイゼンの爪をたてしは五年ほど前

うすはなだの刷毛もていろを重ね塗るように迎える八十代を

養殖の海苔の網のはずされて沖なめらかな三月の海

桜森

廃校になりし母校の草引きに顔あわせのごと友ら寄りくる

銅像の金次郎は半世紀背負いこしままの廃校の庭

明治九年開校なりし碑のめぐり荒草のなかのニホンスイセン

「コロナ禍も三年目にはいったよ」誰に言うのかミモザの下に

ウイルスを鎮めん土にはりつきて赤き芽を出すジュウニヒトエ

声に出す「どこかで春が」途中より歌詞のかけらが東風(こち)に攫わる

無事終うる夜勤明けのホーム出でゆうらりゆらり花に遊べり

ゆわゆわと大きな音に翔ちゆける大きな腹に目先突かるる

白昼のゆめみるようにおくやまの桜森の鎮かな在り処

少子化のしずかな山の遊園地ねむれる遊具に花ふりそそぐ

感傷とう桜森のときなしに夜も咲き夜をしろくこぼるる

「こんな様になってしまった」足と尻土に投げ出し草引く媼

看板屋

札所への「犬もどり坂」「へこき坂」「まめ坂」われのトレッキングコース

十二村が三町になり二町になる白地図出でくる子供の頃の

拓本に取らるるように沖合の海霧のなか浮かぶ小島の

戦後住みし跡をとどむる「窓」という島の奥山やまざくら咲く

地崩れのやまのなだりに立ち上りジュウニヒトエの日にけに咲ける

八十の夜勤バイトの退けどきか「もういいよもういいよ」耳に入りくる

シミ皺はマスクの内にそだつもののあなどりがたきもののひとつに

遠くなる耳かたぶけて夫のいう「カエルの声も減ってきたなあ」

「銀波浦山の手どおり」看板を掲げしままに看板屋の逝く

書史「蘭亭叙」

ひと住まぬ家また増ゆる山沿いのあなじ吹くなか犬の声せず

散策のやまの時間のめくられて咲けるエニシダ、ハリエンジュの花髪を染めステイホームを抜け出でて書店にさがす『書史蘭亭叙』

コーヒーとファンヒーターに温まり自愛にこもる午前四時半

喉のすべりよろこぶスープ三昧の夫に摘みたる菜の花ニラを

見つめられ見つめかえせる街路樹の下草に咲くポピー四五本

意志のごと「ようこそ明日」と日々を詠む春日真木子にお会いしたい

わが島を「時間の止まった島」という民俗学者柳田国男

「昨日の『天声人語』よかったなあ」一日遅れて我にいう夫

一ヶ月まえからそわそわして待てる季節便りのオリーブの花

あとがき

還暦、古稀、喜寿の三歌集につづく私の傘寿の記念の第四歌集です。二〇一九年から二〇二二年四月までの作品を集めた歌集ですがこの傘寿の年に特別な思いがあります。

四年半ほど介護のあと八十歳の夏に亡くなった母の歳を超える事に感謝するとともに、現在心臓疾患で現状維持を保っている連れ合いと共有の励みにしたい思いをこめた歌集です。

題名の『銀波浦』は終の栖となる入り江沿いの古い地名から取りました。嫁いでから半世紀、自然はもとより潮の香りは日常生活を浄化する私自身であり歌の一部でもあります。

今の今という瞬間は、未来の最先端「ようこそ明日、ようこそ明日」と言い、まだまだ更新される自己を信じ前向きを続ける歌人春日真木子氏にも後押しされています。コロナ禍、不法な国の戦争の終息を願いつつ未来に希望をもちたいと願っています。

玉井清弘先生には「音」入会以来還暦、古希、喜寿の三歌集に続いてこの度もお世話になりました。そして過分な帯文までいただき、傘寿の歌集を編む幸せを感謝して厚くお礼申しあげます。

「音」短歌会の皆さま、香川支部の皆さま今後ともご指導のほどよろしくお願い申し上げます。

出版に当たりましては、今回も砂子屋書房の田村雅之様にお願いしました。装本の倉本修様ともにつつしんで厚くお礼申しあげます。

二〇二二年七月一〇日

大谷多加子

歌集　銀波浦　音叢書

二〇二二年九月一七日初版発行

著　者　大谷多加子
香川県小豆郡土庄町甲一二三五番地三（〒七六一―四一〇六）

発行者　田村雅之

発行所　砂子屋書房
東京都千代田区内神田三―四―七（〒一〇一―〇〇四七）
電話　〇三―三二五六―四七〇八　振替　〇〇一三〇―二―九七六三一
URL　http://www.sunagoya.com

組　版　はあどわあく

印　刷　長野印刷商工株式会社

製　本　渋谷文泉閣

©2022 Takako Ootani Printed in Japan